KB189591

작은 나

일러두기

- 모든 각주는 옮긴이 주입니다.
- 내용 특성상 일본어 표현을 일부 살렸습니다.

CHIISAI WATASHI by Miri Masuda

First published in Japan in 2022 by Poplar Publishing Co., Ltd.
Korean translation rights arranged with Poplar Publishing Co., Ltd.
through Eric Yang Agency, Inc.

작은 나

마스다 미리 에세이 | 이소담 옮김

여는 글

어른이 되면 오늘 있었던 일을 잊어버릴까. 그러면 되게 싫겠다.

어린 시절의 저는 언제나 그런 생각을 하곤 했어요. 그림을 그리거나 일기를 쓰는 걸 좋아한 이유도 그런 생각과 관련이 있을지도 모릅니다.

걱정했던 대로 어른이 되면서 점차 어린 시절의 저는 멀어졌습니다. 다양한 일들을 잊고 말았어요. 그 사실이 조금 쓸쓸합니다.

그런데 신기하게도요, 즐거웠다는 마음만큼은 갑작스럽

게 되살아날 때가 있습니다.

이를테면 한겨울, 차가운 바람이 불던 때.

최선을 다해 연을 날리던 '어린 나' 자신이 멀리서 달려와 즐거웠던 마음을 말해 줍니다.

날아가! 날아가! 높이높이 날아가!

뺨을 발갛게 물들이고 하늘을 올려다보던 작은 나. 전부 다 기억하지 못해도 가슴이 뜨거워지도록 즐거웠던 감각이 오래오래 남아 있습니다.

최선을 다해 놀아 줘서 고마워. 네 덕분에 어른이 된 지금도 이따금 행복한 기분이 들어.

어린 나를 만나러 갈 수 있다면 고맙다고 말하고 싶어요.

이 에세이는 짧았던 어린 시절의 추억을 말합니다.

저는 어느 정도 철이 든 후부터 엄마는 '엄마'지만 아빠는 '아버지'라고 불렀는데요, 이 책에서는 내심 아빠라고 부르고 싶었던 마음을 담아 두 분을 아빠와 엄마라고 하겠습니다.

마스다 미리

차 례

봄

여름

가을

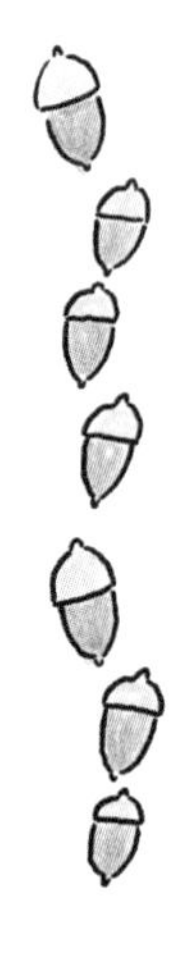

겨울

봄

입학식에 가기 싫어

오늘은 초등학교 입학식.

그렇지만 새 원피스를 입기 싫으니까 가기 싫다.

"대체 왜 싫은데?"

엄마가 묻는다.

나는 원피스를 입기 싫은 '이유'가 분명하게 있다. 왜 아무도 이해해 주지 않지?

원피스는 남색이고, 가슴 부분에 크고 빨간 리본이 달렸다. 중학생 언니들이 입는 세일러복이랑 똑같았다. 만약 내가 이런 원피스를 입고 입학식에 가면 "중학생이 섞여 있어!"

하고 다들 깜짝 놀랄 거다.

"부탁이니까 입어. 오늘 하루만 입어도 되니까."

이미 외출복으로 갈아입은 엄마와 아빠가 곤란해한다. 그래서 결국 원피스를 입어 주기로 했다.

입학식 같은 거 하나도 안 즐거워.

나는 생각했다.

선생님의 질문

초등학교까지 가는 길에 앞으로 친구가 될지도 모를 아이들이 걷고 있었다.

"오늘은 입학식만 하는 거고 공부는 안 할 거야."

엄마가 말했다. 나는 계속 새 원피스 걱정뿐이었다.

학교에 도착하자, 반 배치 종이가 붙어 있었다.

"이름이 몇 반에 적혀 있을까."

아빠가 1반부터 해서 순서대로 내 이름을 찾기 시작했는데 금방,

"찾았다, 1반이야!"

하고 웃었다.

실내화로 갈아 신고 교실에 갔다. 초등학교 복도는 꼭 전철 안처럼 생겼다. 길고 창문이 잔뜩 있다. 실내화 고무가 발을 단단하게 잡아 주어서 기분이 좋았다.

1층에 1학년 교실이 쭉 있었다. 1반 교실은 제일 끝이다. 유치원 때보다 아이들이 훨씬 많은 것 같다.

교실에 들어가자 책상 하나하나에 이름을 적은 종이가 붙어 있었다. 엄마가 내 이름을 발견하고,

"여기 앉아."

라고 말하고는 어른들이 모여 선 교실 뒤편으로 갔다. 아무도 나를 중학생으로 생각하지 않는 것 같았다.

내 자리는 복도 쪽. 칠판 앞에는 오빠처럼 보이는 사람이 서 있었다.

저 사람이 선생님이구나.

눈이 마주치자 선생님이 웃으며 고개를 끄덕여 주었다. 나는 부끄러워서 고개를 숙였다. 그래도 선생님 얼굴을 또 힐끗 봤다. 선생님은 또 싱글벙글 웃으며 그래그래, 하듯이 고개를 끄덕였다. 내가 1학년 1반에 있는 걸 선생님이 이제 안

다고 생각하니까 기뻤다.

학생이 모두 모이자 선생님이 제일 먼저 이렇게 말했다.

"1 더하기 1이 뭔지 아는 사람?"

그쯤은 간단하지.

모두 "저요." 하고 손을 들었다. 나도 "저요." 하고 손을 들었다. 손을 드는 방법은 안다. 어제 몇 번이나 연습했으니까.

"하나둘 하면 다 같이 말해 보자."

선생님이 말했다.

"하나둘!"

"2!"

"정답!"

나는 다른 아이들도 모두 답을 아는 게 굉장히 자랑스러웠다. 더 이상 원피스는 전혀 걱정되지 않았다.

선생님,
내 "저요."가
들렸나요?

화장실을 빌려줄래

빗자루로 청소를 할 줄 알게 되었다. 현관 앞을 쓱싹쓱싹 쓸면 꼭 어른이 된 기분이었다.

"집안일도 돕고 장하네."

동네 아줌마가 칭찬해 준 적도 있다. 칭찬받으니까 기뻐서 또 빗자루 청소를 했다.

일요일. 엄마는 미용실. 점심을 먹고 아빠와 여동생은 집 근처 삼각공원에 갔다. 나는 빗자루 청소를 하느라 바쁘니까 집에서 기다리겠다고 했다.

넓은 곳을 쓰는 건 간단하다. 구석진 곳은 자잘한 모래가

쌓여 있어서 어렵다. 빗자루 털끝을 모서리에 대고 쓱쓱 긁어내야 한다.

"집안일을 돕다니 장하구나."

목소리를 듣고 돌아보자 모르는 아저씨가 서 있었다.

손님인가?

"혼자니?"

아저씨가 물었다.

"다들 나갔어요."

나는 대답했다.

"잠깐 화장실을 빌려줄래?"

아저씨가 곤란하다는 표정으로 말했다. 아저씨는 화장실에 가고 싶은 걸 참고 있었다. 계속 화장실을 찾으러 다녔는지도 모른다. 아저씨가 불쌍해서 "쓰세요."라고 말했다.

아저씨가 집에 들어갔다. 나는 계속 빗자루로 현관 앞을 쓸었다. 아저씨가 나오면서 틀림없이 또 칭찬해 주겠지.

잠시 후 아저씨가 나왔다.

"집안일을 돕다니 참 장하네."

아저씨가 그렇게 말하고 걸어 나갔다.

엄마가 집에 돌아와서 나도 청소를 그만두고 집으로 들어갔다. 엄마가 갑자기 무서운 표정을 지었다.

"얘, 집에 누가 왔었니?"

화장실에 담배 '꽁초'가 남아 있었다. 나는 아저씨에게 화장실을 빌려줬다고 말했다. 그리고 나는 계속 열심히 청소했다고 뽐냈다. 칭찬해 줄 줄 알았는데,

"모르는 사람은 절대로 집에 들이면 안 돼!"

엄마가 화를 냈다. 나는 앞으로 무슨 일이 있어도 모르는 사람을 집에 들이지 않겠다고 약속했다.

빗자루
담당이면
좋았을 텐데

네잎클로버

삼각공원은 삼각형이어서 삼각공원이다. 누가 이름을 붙였는지 모른다. 어른일 수도 있고 어린이일 수도 있다. 그래도 아마 어린이일 거 같다.

삼각공원에는 시소가 있다. 모래밭도 있다. 주변에는 나무가 있고 풀이 자란다.

"전에 네잎클로버를 찾았어."

같이 놀던 아이가 말했다.

"어디 있었어?"

내가 물어보자 "이 근처."라고 해서 찾아보았다. 한참 찾고 있는데 "있다!" 하고 그 아이가 말했다.

잎이 네 장이었다. 네잎클로버다. 나도 어떻게든 네잎클로버가 갖고 싶었다. 계속 찾아보았지만 보이지 않았다.

"이제 없나 봐."

내가 말했다.

"잎을 풀로 붙여서 네 잎으로 만들면 되지 않을까?"

그 아이가 말했다.

그렇게 해도 괜찮나? 그런데 되게 재미있을 것 같다. 나는 세잎클로버를 두 개 뜯어 집으로 돌아왔다.

"풀 빌려줘!"

아빠에게 말하자 아빠가 "뭘 만들려고?"라고 물었지만, 나는 "비밀이야!"라고 대답했다. 그리고 말했다.

"절대로 훔쳐보면 안 돼!"

세 장의 잎 중 한 장을 뜯어 다른 세 장의 잎 옆에 풀로 붙였다. 진짜 네 잎짜리 클로버 같다. 조심조심해서 들면 떨어지지 않으니까 괜찮다.

"삼각공원에 네잎클로버가 있었어!"

나는 가짜 네잎클로버를 아빠에게 보여 주었다.

"오오, 멋지네!"

"풀로 붙인 거야. 설마 네 잎인 줄 알았어?"

"응, 전혀 못 알아봤어."

아빠가 대답했다.

삼각공원의 클로버를 전부 네잎클로버로 만들면 모두 깜짝 놀라겠지.

다음 날, 나는 풀을 들고 삼각공원으로 달려갔다.

그리고 네잎클로버를 세 개 만들었는데, 클로버가 너무 많아서 역시 그만두었다.

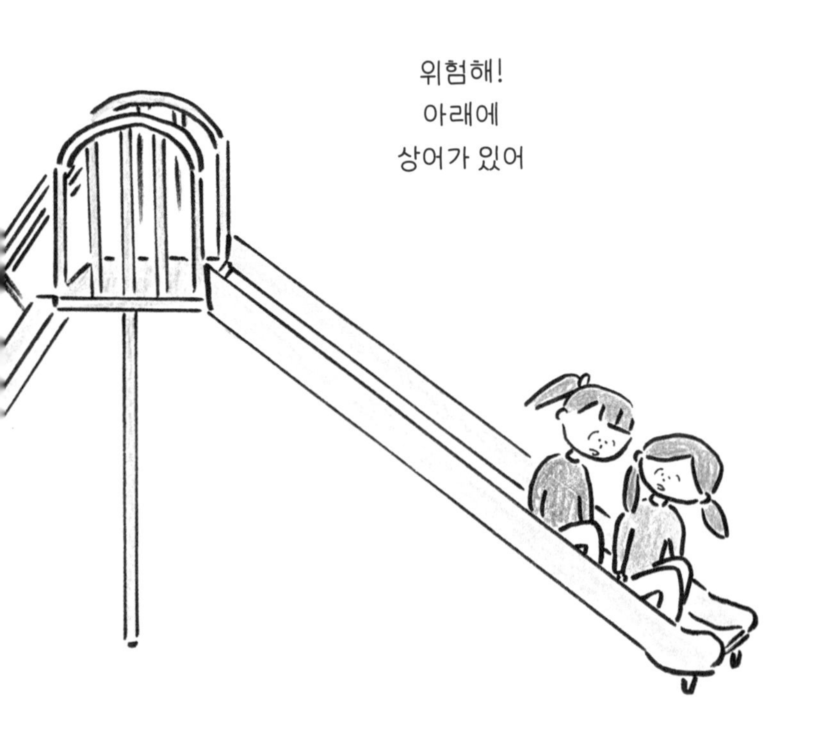
위험해!
아래에
상어가 있어

사이 좋은 히라가나

국어 수업 때 히라가나를 배웠다.

"이렇게 쓰고, 이렇게 쓰고, 이렇게 둥글~게."

선생님이 칠판에 글자를 써서 보여 주었다.

하얀 분필로 크게 천천히.

그게 아주 즐거워 보여서 나도 어른이 되면 선생님이 되어 칠판에 히라가나를 커다랗게 쓰고 싶어졌다.

조금씩 다양한 히라가나를 배웠다. 그러다가 히라가나에는 서로 비슷하게 생긴 동료가 있다는 걸 발견했다.

‘き(키)’랑 ‘さ(사)’

‘は(하)’랑 ‘ほ(호)’

‘す(스)’랑 ‘ま(마)’

‘た(타)’랑 ‘な(나)’

‘う(우)’랑 ‘ら(라)’

‘ね(네)’랑 ‘わ(와)’

‘そ(소)’랑 ‘ろ(로)’

‘け(케)’랑 ‘は(하)’

‘あ(아)’랑 ‘ぬ(누)’랑 ‘め(메)’

비슷하게 생긴 동료가 사이좋은 친구처럼 보였다.

곤란할 때도 있었다.

‘す(스)’랑 ‘ま(마)’는 비슷한데 ‘す(스)’랑 ‘む(무)’도 비슷하다. 그런데 ‘む(무)’는 ‘ま(마)’랑 전혀 비슷하지 않다. ‘す(스)’는 둘 중 누구와 더 사이가 좋을까?

‘け(케)’랑 ‘は(하)’는 아주 친한 사이이다. 하지만 ‘は(하)’는 ‘ほ(호)’와도 친하다. 그런데 ‘け(케)’는 ‘ほ(호)’랑 조금 멀다. 이 둘은 별로 사이가 좋지 않을지도 모른다.

누구와도 비슷하지 않은 아이도 많이 있다.

'み(미)'나 'ふ(후)'나 'ゆ(유)'나 'や(야)'나 'を(오)'

외톨이인 히라가나는 너무 쓸쓸해 보였다. 비슷하지 않은 아이들은 비슷하지 않은 아이들끼리 친한 사이라고 생각했더니 마음이 놓였다.

무당벌레가
앉았어

좋다

건널목 지옥

학교 가는 길에 건널목이 있다. 언제나 노란 깃발을 든 사람이 서 있는데,

"자, 건너렴."

이라고 말하면 어린이들이 건너도 된다. 어른이 되면 노란 깃발을 들고 "자, 건너렴."이라고 말하는 사람이 되고 싶었다.

건널목을 건널 땐 하얀 부분만 밟아야 해.

어느새 친구들 사이에서 그런 규칙이 생겼다. 하얗지 않은 부분은 '지옥'이니까. 우리는 지옥에 떨어지지 않으려고 매일 하얀 부분만 밟고 건넜다.

전혀 그런 걸 상관하지 않고 건너는 아이도 있었다. 그 아이가 지옥에 떨어지면 어쩌나 걱정했다.

뱀이 온다

“밤에 피리를 불면 뱀이 온대.”

친구가 말했다.

뱀이 뭘 하려고 오는 거지?

나는 이유를 알고 싶었다. 하굣길, 용수로 근처에서 죽은 뱀을 본 적 있다. 아무래도 뱀들이 그 근처에 모여 사는 것 같았다.

“신호가 오면 갑시다.”

피리 소리를 듣고 다 같이 올지도 모른다. 나는 밤에는 절대로 피리를 불지 않겠다고 다짐했다.

그래도 누군가 밤에 피리를 불어 버려서, 뱀들이 구불구불 기어 오는 모습을 창문 너머로 보고 싶기도 했다.

토끼를 보러 가다

"나 토끼를 키워."

같은 반 친구가 말했다.

"보러 올래?"

"보러 갈래!"

학교가 끝나고 그 아이의 집에 토끼를 보러 갔다.

"토끼 어딨어?"

"방에."

2층으로 올라가 문을 열자 침대 위에 커다란 토끼가 있었다. 털은 갈색이고 눈은 까만색이다.

“만져 봐도 돼.”

가까이 가도 토끼는 얌전히 있었다. 그런데 쓰다듬으려고 손을 내밀자 깡충 바닥으로 뛰어내렸다. 그러더니 깡충깡충 뛰어 열린 창문 밖으로 휙 나가 버렸다.

“도망쳤어!”

나는 놀랐다.

“가끔 지붕 위로 올라가.”

창문으로 내다보니 토끼가 지붕 위에 가만히 있었다.

“다시 돌아와?”

“응. 맞다, 우리 오빠 방 구경할래?”

둘이서 오빠 방을 구경하러 갔다. 오빠는 외출해서 없었다. 오빠 방에 들어간 건 비밀로 하기로 약속했다.

간식을 먹고 집에 갈 시간이 되어도 토끼는 돌아오지 않았다.

“안녕히 계세요.”

밖으로 나와 지붕을 봤다. 토끼는 여전히 거기에 있었다. 나도 지붕 위로 올라가는 토끼를 키우고 싶었다.

물감을 섞어 보렴

"아직도 보니?"

엄마가 물었다.

엄마가 사 준 그림 도구 세트. 안에 수채화 물감, 팔레트, 붓이 가지런하게 놓여 있다.

내일은 처음으로 미술 시간이 있다. 나는 다른 아이들이 어떤 그림 도구 세트를 가지고 올지 걱정이었다. 내 것만 너무 큰 사이즈면 어떡하지?

아침이 되자 더욱더 걱정되었다.

"내 거, 다른 아이들 것보다 크지 않을까?"

그래서 엄마에게 물었다.

“똑같을 거야.”

엄마가 대답했다.

학교에 가는 도중, 그림 도구 세트를 든 아이를 찾았다. 다들 비슷비슷한 크기였다.

교실에 들어가자 선생님이 “그림 도구 세트는 칠판 아래 고리에 걸어 두자.”라고 말했다. 칠판 아래에는 반 친구들 이름이 쭉 적혀 있고 그 아래에 고리가 달려 있다. 체육 시간이 있는 날에는 그 고리에 체육복을 걸어 둔다. 오늘은 그림 도구 세트가 잔뜩 걸렸다.

미술 시간은 1교시가 아니니까 바로 쓰지는 않는다. 나는 내 자리에 앉아 칠판 아래에 걸린 모두의 그림 도구 세트를 봤다. 자세히 보니 조금 더 큰 것도, 조금 더 작은 것도 있었다. 오래된 것도 있었다. 다양했다.

미술 시간이 되었다. 선생님이 크고 하얀 도화지를 모두에게 나눠 주었다.

“팔레트에 물감의 모든 색을 다 짜 보렴.”

선생님이 말했다.

나도 다른 아이들도 다들 아주 조금씩만 짠 탓에,

"더 많이 짜는 거야."

선생님이 다시 지시했다.

색 하나씩 도화지에 칠해 보기로 했다. 색을 하나 쓸 때마다 붓을 깨끗하게 빨고 또 다른 색을 칠해야 한다.

제대로 못 하면 어떡하지. 나는 떨렸다. 다른 아이들이 시작하기를 기다렸다가 나도 따라서 칠했다.

하얀 도화지에 다양한 색이 칠해졌다.

예쁘다. 재미있다.

나는 이제 떨리지 않았다.

"이번에는 팔레트 위에서 다양한 색을 섞어 새로운 색을 만들어 보자."

선생님이 말했다.

나는 또 두근두근 떨렸다. 색을 만든다고? 어떤 색과 어떤 색을 섞으면 되지?

"선생님, 분홍색을 만들었어요!"

멀리 떨어진 자리에서 소리가 들렸다.

다들 놀라서 "어어?" 했다.

"분홍색을 보여 달라고 할까?"

선생님의 말에 모두가 그 아이의 자리에 모였다.

"어떻게 만들었니?"

"빨강이랑 하양을 섞었어요."

그 아이가 조금 으스대며 대답했다. 그래서 다들 자리로 돌아가 빨강과 하양을 섞어 분홍을 만들었다.

"선생님, 하늘색을 만들었어요!"

다른 아이의 목소리가 들렸다.

"어떻게 만들었니?"

선생님이 묻자,

"파랑이랑 하양을 섞었어요."

그 아이가 그렇게 대답해서, 이번에는 다들 하늘색을 만들었다. 두 가지 색을 섞으면 다른 색이 만들어진다. 신기해라. 그다음부터는 혼자서 다양하게 시도해 보았다.

"전부 섞었더니 똥색이야!"

누군가가 말해서 다 같이 웃었다.

선생님이 새 도화지를 한 장 더 나눠 줬다. 직접 만든 색으로 동그라미와 엑스와 삼각형을 그려 선생님에게 보여 달라고 했다.

노란색과 파란색을 섞으면 초록색이 되었다. 빨간색과 노란색을 섞으면 저녁놀 같은 오렌지색이 되었다.

색은 자꾸자꾸 만들어 낼 수 있구나.

백 개 정도 만들 수 있을지도 모른다.

다양한 색의 동그라미, 엑스, 삼각형을 그렸다. 도화지를 가득 채워서 다른 아이들과 함께 줄을 섰다. 선생님한테 빨리 보여 주고 싶다.

그러나 내 뒤에 선 아이가 내 도화지를 보더니 "어, 틀렸어!"라고 말했다.

"색은 세 가지만 쓰는 거야."

몰려온 다른 아이들도 "틀렸어!"라고 했다. 선생님이 세 가지 색의 동그라미, 엑스, 삼각형이라고 말한 걸 나는 미처 못 들었다. 내 도화지에는 수많은 색의 동그라미, 엑스, 삼각형이 있었다.

나는 다른 아이들과 다른 일을 해 버렸다.

나는 틀렸다.

눈물이 나왔다.

슬픈 심정으로 선생님에게 보여 주자,

"이야, 예쁘구나."

라고 선생님이 말했다.

그래요? 선생님도 예쁘다고 생각했어요?

나도 예쁘다고 생각했어요!

나는 마음속으로 무척 기뻤다.

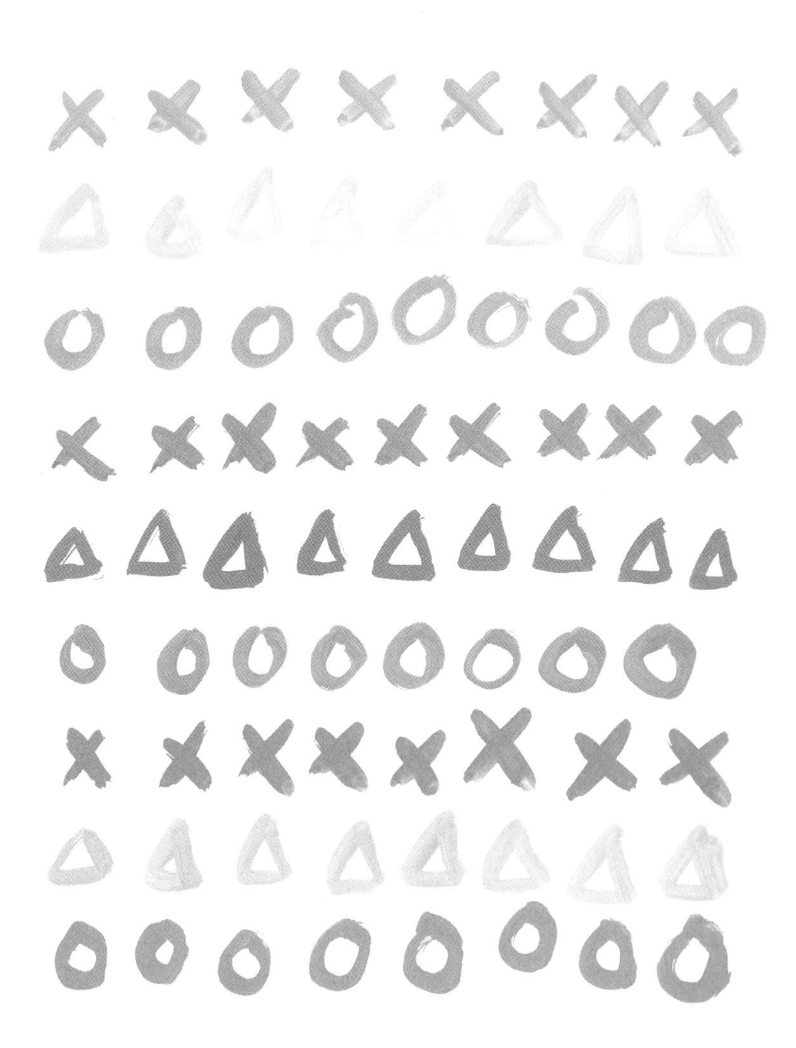

배꼽 걱정

껌을 씹으며 놀다가 껌을 꿀꺽 삼켜 버렸다.

"껌 삼켰어!"

같이 놀던 아이에게 말하자,

"지금 어디쯤이야?"

하고 내게 물었다.

"아마 이제 배 속."

"수박 씨앗을 먹으면 배꼽에서 싹이 자란대."

내가 먹은 건 껌인데 그 아이는 수박 씨앗 이야기를 했다.

배꼽에서 싹이 자란다니 무서웠다.

껌을 먹으면 어떻게 될까? 배꼽에서 뭐가 자랄까?

걱정이 되어서 나는 종종 배꼽을 만지면서 놀았다.

목욕할 때 엄마에게 말했다. 엄마는 수박 씨앗을 먹어도 배꼽에서 싹이 자라지 않고, 껌을 먹어도 아무것도 자라지 않는다고 말했다. 그리고,

"간식을 먹으면서 놀면 안 돼!"

라고 혼났다.

귀여운 여동생

여동생은 아직 자그마하다.

"어쩜, 귀엽네~."

가끔 모르는 사람이 말을 건다.

나는 속으로,

'귀엽죠? 부럽죠?'

하고 으스대는 기분이 들었고, 이어서 여동생을 아무에게도 주기 싫다고 생각했다.

이름
써 줄까?

피아노 학원

초등학교 교실에는 오르간이 있다. 쉬는 시간에는 자유롭게 만져도 되어서 피아노를 배우는 아이들이 순서대로 쳤다. 나는 피아노를 배우지 않아서 치고 싶어도 못 친다. 그래서 늘 옆에서 구경했다.

「고양이 밟았다」[°]라는 곡을 친 아이가 있었다. 노래 가사도 있었다. 나는 깜짝 놀랐다.

고양이를 밟았다고?

° 「고양이 춤」의 일본어 제목이 「고양이 밟았다」이다.

꼬리? 아니면 다리? 밟힌 고양이는 틀림없이 아팠을 것이다. 마치 밟힌 아이가 우리 옆집의 까만 고양이인 것 같았다.

고양이가 불쌍했지만 「고양이 밟았다」는 재미있었다.

나도 피아노를 배워서 「고양이 밟았다」를 칠 수 있게 되면 좋겠다.

그로부터 얼마 후 나는 우리 집에서 걸어서 금방인 피아노 학원에 다니게 되었다.

선생님은 엄마보다 훨씬 나이가 많은 여자였다. 첫날, 선생님은 선이 잔뜩 그려진 노트를 줬다.

"음표를 그리는 연습을 할 거야."

나는 선생님이 써 준 걸 보고 음표를 그렸다.

음표는 앵두 같다. 까만 동그라미에 막대기가 하나 달렸다. 잎이 달린 아이와 없는 아이가 있다.

"다 했어요."

내가 말했다.

"더 많이 그려."

선생님이 말해서 노트 그 줄의 제일 끝까지 잔뜩 그렸다.

"다 했어요."

"둘째 줄에도 그리고."

그래서 둘째 줄까지 음표를 잔뜩 그렸다. 이어서 셋째 줄과 넷째 줄에도 음표를 그렸더니,

"오늘 수업은 여기까지야."

선생님이 이렇게 말해서 놀랐다.

오늘부터 「고양이 밟았다」를 칠 수 있게 될 줄 알았는데 음표만 그리다가 끝났다.

"수업 어땠니?"

밤에 아빠가 물었다.

"음표를 그렸어."

나는 대답했다.

이렇게
높이높이
들었어

'ん(ㄴ)'이 붙는 말

새로 배운 히라가나를 사용해서 단어를 써 오는 숙제를 해야 했다. 'ほ(호)'를 배운 날은 'ほ(호)'가 들어가는 말을 노트에 적는다. 'ほし(호시, 별)'나 'ほうき(호키, 빗자루)' 같은 거.

드디어 히라가나의 마지막 차례인 'ん(ㄴ)'°이다.

"うんこ(운코, 똥)밖에 없잖아요!"

누가 말해서 모두 웃었다.

'ん(ㄴ)'이 들어가는 말은 하나도 없는 줄 알았다. 그런데

° 상황에 따라 발음이 달라지는 히라가나로, 국립국어원 표기법은 ㄴ 받침이다.

이렇게 있었다. 누군가 알려 줘서 다행이라고 생각했다.

다음 날. 선생님에게 숙제를 보여 주는 시간이 왔다. 칠판 옆에 선생님의 책상이 있다. 모두 노트를 들고 한 줄로 섰다.

나는 반 친구들 모두가 'うんこ(운코)'를 써 왔을 줄 알았다. 그런데 아니었다. 앞에 선 아이의 노트가 언뜻 보였다. 그 아이는 'ぱんこ(판코, 빵가루)'라고 써 왔다. 'きりん(키린, 기린)'인 아이도 있었다. 말 중간이나 끝에 'ん(ㄴ)'을 써도 되는 거였다. 나는 배운 히라가나가 제일 앞에 들어가야 하는 줄 알았으니까, 'うんこ(운코)'가 아니라 'んんこ(운운코)'°라고 적어 왔다.

어쩌지.

나도 'ぱんこ(판코)'나 'きりん(키린)'이 좋았다. 하지만 다시 쓸 수는 없다. 바로 앞까지 순서가 왔다.

내 차례가 되었다.

선생님 앞에 노트를 펼쳤다. 선생님은 내 'んんこ(운운코)'를 보고 싱글벙글 웃었다. 그리고 빨간 펜으로 처음 'ん(ㄴ)'을 'う(우)'로 바꾼 다음 아주 커다란 동그라미를 그려 주었다.

° 일본에 'ん'으로 시작하는 단어는 없다. 어린 작가가 만들어 낸 말이다.

파우치를 줍다

삼각공원에서 놀다가 천으로 된 작은 파우치를 주웠다.

“파출소에 가져다줄 테니까 나 주라.”

한 아이가 말했다.

나는 그 아이에게 파우치를 건넸다.

다음 날.

“그 안에 돈이 들어 있었어!”

그 아이가 알려 주었다. 돈이 들어 있는 줄 몰랐다. 나는 파우치에 든 돈을 보고 싶었다.

“경찰이 칭찬해 줬어.”

그 아이가 거들먹거리며 말했다. 그 아이가 칭찬받았다면 나도 칭찬받은 셈이 되는지 잘 모르겠다.

열이 났다

감기에 걸려 열이 났다. 38도까지 올랐다. 약을 먹고 이마를 차갑게 했다.

"엄마가 대신해 줄 수 있다면 대신해 주고 싶네……."

엄마가 말했다.

어? 대신하면 엄마가 힘들어지는데? 그건 이상하니까 열이 어딘가로 날아가는 편이 좋지 않을까 생각했다

열이 내려서 학교에 갔다.

"계속 쉬었네."

반 친구들이 모두 내 자리에 모였다.

“몸이 힘들면 언제든 말해도 돼.”

선생님이 말했다.

2교시가 끝나자 선생님이 내 자리에 와서 “힘들지 않았니?”라고 물었다. 선생님이 걱정해 줘서 기분이 좋았다.

곤란한 일이 생기면

쉬는 시간의 교실. 의자로 장난을 치는 아이가 있었다. 일부러 등받이에 몸을 기대고, 의자 다리 두 개로만 지탱하며 이리저리 흔들었다.

조금만 더 하면 쓰러질 거야!

바로 그 지점까지 갔다가 원래대로 되돌아오는 게 놀이 같았다.

몇 번인가 하다가 그 아이는 정말 뒤로 쓰러졌다. 뒤에 벽이 있어서 꽈당 넘어지지는 않고, 몸이 뒤를 향한 채 의자가 주르륵 미끄러졌다. 아이는 벽과 책상 사이에 완전히 끼어서 일어나지 못했다. 굉장히 곤란해 보였다.

나는 아빠가 한 말을 떠올렸다.

"곤란한 일이 생기면 뭐든지 선생님한테 말해라."

그래, 이건 곤란한 일이야!

선생님은 쉬는 시간에도 자리에 있으니까, 나는 선생님한테 가서 넘어진 아이가 있다고 알려 주었다.

선생님은 곧바로 그 아이 쪽을 보았다. 이어서 내 눈을 지그시 들여다보며 말했다.

"가서 도와주렴."

그렇구나, 내가 도와주면 되는구나. 서둘러 그 아이에게 다가가서 손을 잡아당겼다. 나 혼자서는 일으킬 수 없어서 근처에 있는 아이에게 "같이 도와주자!"라고 말했다. 그래서 둘이서 같이 일으켜 주었다.

나는 다시 선생님에게 가서 말했다.

"도와줬어요."

"응, 그랬니?"

선생님이 웃었다.

높은음자리표

오늘은 「고양이 밟았다」를 칠 수 있을까.

피아노 학원은 바로 근처니까 혼자서 갈 수 있다.

교실에 들어가자 나와 비슷한 또래의 아이가 선생님 옆에서 피아노를 치고 있었다. 그건 「고양이 밟았다」는 아니었다.

나를 보고 선생님이 다가왔다.

"오늘은 높은음자리표를 연습하자."

높은음자리표가 뭘까?

나는 옆방 테이블에 가지고 온 노트를 펼쳤다.

처음에 선생님이 예시를 그려 주었다.

"빙글빙글 돌아서 쭉 길어지고 마지막은 까맣게 점처럼."

내 노트에 소용돌이 모양이 나타났다.

"이걸 따라서 그려 봐."

선생님이 나갔다.

나는 높은음자리표가 뭔지 몰랐는데, 꼭 달팽이 같았다. 커다란 어른 달팽이일지도 모른다. 전에 먹었던 소용돌이 빵과도 비슷했다.

좋아, 그리자, 높은음자리표.

빙글빙글 돌아서…….

빙글빙글 돌아서…….

몇 바퀴를 빙글빙글 돌리는지 몰라서 선생님에게 보여 주러 갔다.

"한 바퀴가 많네. 선생님 걸 잘 보고 그려야지."

나는 자리로 돌아와서 선생님의 빙글빙글을 잘 보고 다시 그렸다.

"빙글빙글 개수는 맞는데, 이 선에서 삐져나오지 않게 그려 보렴."

이번에는 그런 말을 들었다.

옆방에서 아까 그 아이가 치는 피아노 소리가 들린다. 피아노 앞의 까맣고 네모난 의자. 나도 빨리 저 의자에 앉아 보고 싶다.

수업이 끝난 것 같았다. 그 아이는 내 옆을 지나쳐 돌아가면서 내 노트를 들여다보았다. 그리고 '음~'이라고 하는 듯한 표정을 지었다. 나는 부끄러워서 노트를 감췄다. 그 아이가 「고양이 밟았다」를 칠 수 있는지 알고 싶었다. 나의 오늘 수업은 높은음자리표로 끝났다.

밤에 나는 엄마에게 높은음자리표를 그려 주었다.

"어머, 대단하네!"

엄마가 그렇게 말해서 여동생에게도 그려 줬다.

텐트처럼
됐다

계속 휴식

친구와 삼각공원에서 놀던 도중 오줌을 누러 가고 싶어졌다. 아직 더 놀고 싶으니까 벌써 집에 가기는 싫다. 그래서 오줌을 참고 놀았다.

점점 더 오줌을 누러 가고 싶어졌다. 서 있다가는 오줌을 쌀 것 같아서 삼각공원 주변을 쭉 두른 돌담에 앉기로 했다.

"잠깐 휴식."

내가 말했다.

"나도 휴식."

친구도 옆에 앉았다.

점점, 점점 더 오줌이 마려웠다. 더는 참을 수 없어서 조금 나왔다. 팬티와 치마가 오줌으로 뜨끈뜨끈해졌다.

"휴식 끝!"

친구가 일어났다.

"아직 휴식!"

나는 외쳤다.

"나도 아직 휴식."

친구도 다시 앉았다.

오줌은 더 나왔다. 점점 더 나왔다. 분명 돌에도 스며들었을 것이다.

"휴식 끝! 이번에는 시소 타고 놀자."

친구가 말했다. 오줌을 싼 걸 들킬 테니까 나는 이제 일어날 수 없다.

"아직 휴식!"

내가 말하자 친구가 "언제까지 휴식이야?"라고 물었다.

"계속 휴식."

나는 대답했다.

잠시 후 친구가 또 "휴식 끝이야. 놀자."라고 말했다.

나는 그래서 이렇게 말했다.

"건너편까지 돌 위를 걸어서 갈 수 있어?"

"갈 수 있어!"

"해 봐."

내가 말하자, 친구는 공원의 끝까지 돌담 위를 걸어서 갔다.

"자, 했어!"

"그럼 이쪽까지 돌아올래?"

내가 말하자 친구가 천천히 돌아왔다. 그렇게 몇 번인가 반복하다가 친구가 "그만 집에 가자."라고 말했다.

"아직 휴식이니까 먼저 가."

"오줌 싼 거 아니야?"

친구가 말해서,

"안 쌌어. 땀이 난 거야. 더우니까."

나는 거짓말을 했다. 친구는 몇 번이나 돌아보면서 혼자 집으로 돌아갔다. 친구가 보이지 않자, 나는 살그머니 일어났다. 돌이 오줌 모양으로 젖었다.

캐스터네츠

"캐스터네츠를 가지고 가렴."

음악 시간에 선생님이 말했다.

캐스터네츠는 꼭 개구리 얼굴처럼 생겼다. 커다란 입을 벌렸다.

상자 속 캐스터네츠는 새것과 낡은 것이 있었다. 새로운 것은 개구리 입이 힘차게 쩍 벌어졌다. 낡은 것은 고무줄이 늘어졌거나 색이 조금 벗겨졌다. 내가 집은 캐스터네츠는 새것은 아니었지만 고무줄만은 새것이었다.

고무줄이 늘어진 캐스터네츠를 집은 아이가 있었다. 개구리 입이 조금밖에 안 벌어졌다.

그러자 선생님이 그 아이에게 말했다.

"선생님 거랑 바꾸자."

선생님과 바꿀 수 있다니 너무 부러워서, 나는 낡은 걸 집을 걸 그랬다고 생각했다.

"파란색이 위고 빨간색이 아래야."

선생님이 알려 주었다.

파란색이 위고 빨간색이 아래.

그건 누가 정했을까? 교장 선생님일지도 모른다.

선생님의 목소리에 맞춰 캐스터네츠를 쳤다. 짝짝짝 재미있는 소리가 났다. 개구리들은 파란 머리를 맞아도 아프지 않은 것 같다. 밥을 우물거리는 것처럼 보이기도 했다.

공기가 밥이구나. 더 많이 먹으면 좋겠다.

그렇게 생각하며 캐스터네츠를 쳤다.

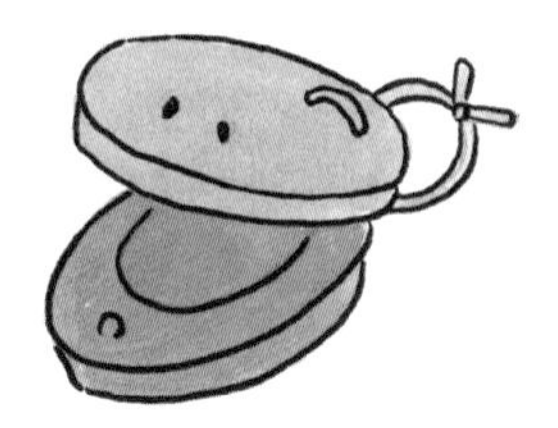

부푼 배

아빠가 텔레비전으로 외국 뉴스를 봤다.

"여기 어디야?"

내가 묻자,

아빠가 "아프리카야."라고 대답했다.

아기를 안은 여자가 울고 있었다. 먹을 게 없어서 괴로워하는 거라고 아빠가 알려 주었다.

"그래도 아기는 괜찮네."

내가 말하자,

"왜 괜찮니?"

아빠가 물었다.

"그야 엄마 모유를 먹으면 되잖아."

"엄마 배가 고프면 모유도 잘 안 나와."

나는 신기했다.

먹을 게 없다는 건 도대체 어떤 걸까?

이웃집 사람이 자기 집에 있는 밥을 주면 될 텐데.

아기의 팔과 다리는 너무 가늘었다. 나뭇가지 같았다.

아기보다 좀 더 큰 아이도 있었다. 그 아이의 배는 풍선처럼 부풀어 있다.

재는 먹보가 분명해!

나는 기뻤다. 밥을 먹을 수 있는 아이도 있으니까.

"재는 엄청 많이 먹었네. 밥을 너무너무 많이 먹은 거 아니야?"

웃었더니 아빠가 내 눈을 보며,

"그게 아니야."

라고 말했다.

"영양실조에 걸리면, 저렇게 배가 커다래지거든."

"그럼 이 아이도 배가 고파?"

"그렇단다."

나는 영양실조가 뭔지 몰랐지만, 배가 커다란 아이도 배가 고프다는 것에 실망했다. 그리고 어떻게 하면 이 아이에게 밥을 보내 줄 수 있을지 생각했다.

여름

물웅덩이

비가 내렸다. 많이 내렸다. 초등학교 운동장에 물웅덩이가 잔뜩 생겼다.

개구리가 연못이라고 착각할지도 모른다. 이건 연못이 아니라고 개구리에게 가르쳐 주고 싶었다.

학교가 끝날 시간에는 비가 그쳤다. 초등학교 교문을 나와 골목 모퉁이를 돌았다. 모퉁이를 또 하나 돌았다. 자동차가 다니지 않는 좁은 길 한가운데에 커다란 물웅덩이가 있었다. 개구리한테는 아마도 바다만큼 커다란 물웅덩이. 지나가지 못하고 멈춰 선 아이들이 많았다.

어쩌지. 이러면 집에 못 가잖아.

한 아이가 물웅덩이 안으로 첨벙첨벙 들어가서 건넜다. 신발도 양말도 축축하게 젖었다.

건너편으로 간 후,

"이 정도는 괜찮아!"

그 아이가 말했다.

다른 아이도 하나둘 신발을 신은 채로 물에 들어가 건넜다. 신발을 벗고 맨발로 건넌 아이도 있다.

나는 물웅덩이에 들어가기 싫었다. 발도 신발도 양말도 젖는 게 싫다. 망설이다가 나랑 모르는 아이 둘만 남았다.

우리는 커다란 물웅덩이 앞에서,

"어쩌지?"

"어쩌지?"

하고 한참이나 둘이 서 있었다.

"젖어도 괜찮아."

그 아이가 물 안으로 들어가 건넜다. 나는 마침내 혼자 남았다.

"아무렇지 않아!"

건너편에서 그 아이가 말했다.

“빨리 안 오면 나 갈 거야!”

모르는 아이는 나를 기다려 주었다. 그래서 나도 “에잇!” 하고 물웅덩이에 들어갔다.

신발 속으로 물이 스며들고 젖은 양말이 달라붙었다. 신기한 느낌이었다. 그래도 즐거웠다.

“들어갔네!”

“응, 들어갔어!”

그다음부터 우리 둘은 일부러 물웅덩이에 들어가면서 길을 걸었다.

두더지

더 파면
있을 거야

구급차

멀리서 구급차 소리가 들렸다. 건널목 신호가 파란불인데,

"건너면 안 돼."

엄마가 말했다. 구급차는 큰 소리를 울리며 신호를 무시하고 우리 앞을 지나갔다.

"구급차는 신호를 안 지켜도 돼?"

"그래. 아프거나 다친 사람이 타고 있으니까 빨리 병원에 데려가야 하잖니?"

나는 아프거나 다친 사람이 빨리 병원에 가는 건 아주 좋은 일이라고 생각했다.

그래도 다른 사람들도 모두 그걸 아는지 걱정이었다.

“그거 다들 알고 있어?”

“알고 있지.”

“그거 예전부터 정해진 거야?”

“예전부터 정해져서 다들 지키고 있어.”

구급차는 언제든 아프거나 다친 사람을 위해 서둘러 병원에 갈 수 있다.

“소방차도 삐뽀삐뽀 소리를 내면서 달릴 때는 신호가 빨간불이어도 멈추지 않아도 돼. 불을 빨리 끄러 가야 하잖니?”

엄마가 말했다.

“그것도 다들 알고 있어?”

“다들 알고 있어. 경찰차도 마찬가지야. 사건이 생기면 서둘러서 가야 하니까.”

어른에게도 어린이에게도 똑같은 규칙이 있고 그걸 모두가 지킨다. 나는 기뻐서 엄마에게 말했다.

“그거 정한 사람, 대단하다!”

학교 화장실

초등학교 화장실은 굉장히 넓고 맨션 복도처럼 문이 아주 많다.

화장실에 가면, 다들 차례를 기다린다. 내 앞에 선 아이가 뒤를 돌아보더니 말했다.

"나, 세 번째 화장실로 정했어."

화장실을 정해 놓은 아이가 있는 줄 몰랐다. 나는 정해 놓은 화장실이 없었다.

나도 내 화장실을 정할까.

그러나 몇 번째가 좋은지 몰라서 정하지 못했다.

떨어지면
악어가 있어

등에 메는 가방

내일은 첫 소풍날. 동물원에 간다.

"일기예보는 맑음이래."

엄마가 말했다.

나는 걱정이 있었다. 새로 산 등에 메는 가방. 다른 아이들과 똑같은 크기일지 궁금했다.

내 것만 크면 어떡하지.

만약 그러면 분명 다들 웃을 거다.

그래서 나는 몇 번이나 엄마에게 물어보았다.

"내 가방, 다른 아이들 것보다 크지 않아?"

"크지 않은 것 같아."

"조금은 큰 것 같지 않아?"

"똑같을 거야."

몇 번을 물어봐도 엄마의 대답은 같았다.

다음 날 아침이 왔다. 해님이 높이 떴다. 아침을 먹고 옷을 갈아입고, 새로 산 가방에 도시락과 간식을 넣었다.

나는 여전히 걱정이 되어서 엄마에게 물었다.

"내 가방, 확실히 다른 아이들 것보다 큰 것 같아."

"똑같을 거야."

"그래도 조금은 크지 않을까?"

그러자 엄마가 이렇게 말했다.

"창문으로 다른 아이들 가방을 살펴보면 어떨까?"

그렇구나!

나는 창문 너머로 학교에 가는 아이들을 봤다.

다양한 가방이 있었다. 주머니가 하나인 아이, 두 개인 아이. 내 건 세 개 달렸다.

"어떠니?"

엄마도 보러 왔다.

"똑같아 보여."

나는 가방을 등에 메고 밖으로 나왔다. 내 가방을 보고 너무 크다고 말하는 아이는 없었다.

벽을 탈 수 있어

피아노를 쳤어!

“안녕하세요.”

피아노 학원 문을 열고 선생님에게 인사했다.

“오늘은 낮은음자리표를 그려 볼까.”

선생님이 말하고 낮은음자리표를 그려서 보여 주었다.

나는 낮은음자리표가 마음에 들지 않았다. 높은음자리표처럼 구불구불한 소용돌이가 없어서 시시하다. 그래도 그렸다. 잔뜩 그렸다.

그러자 선생님이,

“오늘은 피아노를 쳐 보자.”

라고 말해서 놀랐다.

피아노를 칠 수 있어?

줄곧 앉아 보고 싶었던 까맣고 네모난 의자. 앉아 보니 생각보다 높았다.

"피아노를 칠 때는 달걀을 쥔 것처럼 손을 둥그렇게 해."

선생님이 유령처럼 양손을 앞으로 내밀었다. 나도 선생님을 따라 했다.

"그래, 그 손 모양을 기억해 두렴."

그런 다음에 피아노를 쳤다.

커다란 소리가 났다.

피아노의 하얀 부분도 까만 부분도 반짝반짝 빛이 나서 예뻤다.

핑핑핑

퐁퐁퐁

봉봉봉

건반 자리에 따라 소리가 달라진다.

핑핑핑은 아기 소리, 봉봉봉은 할아버지 소리.

다양한 자리의 소리를 치고 있는데,

"자, 시간이 다 됐네."

선생님이 말했다.

밤에 나는 아빠에게 말했다.

"달걀 빌려 줘!"

달걀 쥔 손을 해야 하니까 진짜 달걀을 쥐면 된다.

"뭐 하려고?"

그래서 피아노 선생님한테 배운 달걀 쥔 손 모양을 알려 주었다.

"자, 여기 있다."

아빠가 냉장고에서 달걀을 두 개 꺼내 줬다. 나는 달걀을 쥐고 피아노를 치는 시늉을 했다.

이렇게 하고 진짜로 피아노를 치면 달걀이 깨지지 않을까? 나는 생각했다.

나의
랩 심지

보물

"보물을 흙에 묻자."

친구가 말했다.

아주 좋은 아이디어라는 생각이 들어 나도 말했다.

"응, 묻자!"

뭘 묻을까?

"우유 뚜껑을 묻자."

아이가 말했다.

"응, 묻자!"

급식을 다 먹고, 점심시간에 둘이서 묻으러 가기로 했다.

오늘 급식에 나온 우유 뚜껑을 버리지 않기로 약속도 했다.

점심시간이다. 우리는 우유 뚜껑을 들고 운동장으로 갔다. 노는 아이들이 아주 많았다.

"다른 아이들이 있으면 보물을 들킬 거야."

"아무도 놀지 않는 곳을 찾자."

여기저기 걷다가 수영장 뒤쪽의 좁은 길을 발견했다. 아무도 없었다. 여기라면 틀림없이 괜찮다.

키가 큰 풀이 하나 자란 곳이 있었다.

"이 풀 앞에 묻자."

"그러자."

돌로 흙을 파 우유 뚜껑 두 개를 묻었다. 그리고 아무도 모르도록 평평하게 해 두었다.

"우리 둘만의 비밀이야."

그 아이가 말했다.

"다른 사람한테 비밀이야."

나도 말했다. 내일 점심시간, 여기에 보물이 그대로 있는지 다시 보러 오기로 했다.

다음 날.

"어디 가니?"

점심시간에 다른 아이가 말을 걸었다.

"그냥 놀러 가."

"나도 같이 가도 괜찮아?"

아이가 물어서 우리는 곤란했다. 보물이 있는 장소는 우리 둘만의 비밀이다. 그래도 안 된다고 하면 그 아이가 불쌍하다.

그 아이는 우리 뒤를 쫓아왔다. 수영장 뒤쪽까지 쫓아왔다. 어쩔 수 없이 수영장 주변을 달리기로 했다.

"언제까지 달리는 거야?"

그 아이가 물어서,

"달리는 놀이!"

우리는 대답했다.

"이상한 놀이다!"

그 아이가 말했다.

우리는 셋이서 빙글빙글 달렸다.

도중에 재미있는 모양의 돌을 모으는 놀이로 바뀌었다. 나는 기니피그 모양의 돌을 발견했다.

방과 후, 간신히 단둘이 수영장 뒤쪽에 갈 수 있었다.

"벌써 누가 훔쳐 갔을지도 몰라."

어제 그 키 큰 풀이 있었다. 그 앞의 흙을 팠다. 보물을 파는 건 묻는 것보다 재미있었다. 우유 뚜껑이 두 개 나왔다. 아무도 훔쳐 가지 않았다. 그래서 나는 기니피그 모양의 돌을 묻었고, 친구는 줄무늬 돌을 묻고 집으로 돌아갔다.

금붕어 씨

"약해졌네."

밤에 엄마가 말했다.

키우던 금붕어가 기운이 없었다.

축제 때 금붕어 잡기를 해서 받은 빨간 금붕어.

수조 바닥 근처에 가만히 있었다.

금붕어도 감기에 걸리는지도 모른다.

하지만 물속이니까 열이 나도 이마는 뜨거워지지 않을 것이다.

아침이 되자 금붕어가 움직이지 않았다. 죽어서 물에 둥둥

떠 있었다. 자는 것 같았다. 왠지 조금 무서웠다.

금붕어를 휴지로 감싸 작은 상자에 담고, 학교에 가기 전에 무덤을 만들어 주기로 했다.

금붕어가 죽은 건 슬펐는데, 무덤을 만드는 건 어쩐지 기대되었다.

"천국에 가기 전에 배가 고플지 모르니까 밥도 넣어 주자."

엄마가 상자에 먹이를 넣었다.

"편지도 넣어 주면 어떨까?"

엄마가 말해서 나는 편지를 쓰기로 했다.

하지만 금붕어에게는 이름이 없었다.

금붕어는 계속 금붕어였다.

지금 이름을 지어 줘도 자기 이름인 줄 모를 수도 있다.

"뭐라고 쓰면 돼?"

"뭐든 좋아. 그림을 그려도 좋지 않을까?"

나는 금붕어 그림을 그려 상자에 넣었다. 금붕어에게는 친구가 없었으니까 쓸쓸하지 않게 다른 금붕어도 잔뜩 그렸다.

"이 그림을 천국에서 보면 좋겠다."

동백나무 아래에 무덤을 만들고, 토끼풀 꽃을 공양했다.

금붕어 씨, 내일도 올게.

나는 마음속으로 '금붕어 씨'라는 이름을 붙였다.

여기를 통해
다른 세계에
갈 수 있을지도

점점 올라간다

"다녀왔습니다." 하는 아빠 목소리가 들렸다. 이어서 "나무가 있네!" 하고 아빠가 말하는 게 들렸다.

나는 뛰어서 아빠에게 갔다. 아빠는 나무 포즈를 하고 있었다. 팔을 들고 다리를 안짱다리처럼 벌리고 서 있었다. 나는 먼저 아빠의 팔을 붙잡고, 이어서 오른발을 아빠의 허벅지에 올린다. 다음은 왼발. 점점 올라간다. 아빠 나무에 올라간다.

나와 아빠의 그런 놀이.

이 쿠키 캔
나 주세요

벼락 치는 소리

쉬는 시간에 운동장에서 놀고 있는데 우르릉우르릉 벼락 치는 소리가 들렸다.

"빨리 도망치자!"

같이 놀던 아이가 교실 건물을 향해 달려가서 나도 뛰었다.

"벼락은 금속 위로 떨어진대!"

달리면서 그 아이가 알려 주었다. 그러더니 내 머리핀을 보고,

"빨리 버려!"

라고 했다.

나는 머리핀을 빼 급하게 운동장에 버렸다.

"이제 괜찮아? 벼락 안 떨어져?"

내가 묻자 그 아이가 화난 얼굴로 물었다.

"바지 단추, 금속이야?"

나는 달리며 내 바지 단추를 봤다. 은색이었다.

"이거 금속이야?"

"감춰! 빨리! 빨리!"

봤더니 그 아이는 두 손으로 자기 배를 감추고 달리고 있었다.

건물에 도착하기 전에 비가 내렸다. 다들 머리카락과 옷이 조금 젖었지만, 벼락을 맞은 아이는 아무도 없었다.

교실에 돌아와 나는 아까 버린 머리핀을 생각했다. 그 머리핀으로 벼락이 떨어졌을까. 떨어지면 어떻게 될까? 마음에 들었던 내 머리핀.

집에 갈 시간에는 벼락도 비도 모두 그쳐서 파란 하늘이 보였다.

운동장에 머리핀을 찾으러 가고 싶었지만, 겁이 나서 역시나 가지 않았다.

수영장

여름이면 체육 시간에 수영을 한다. 수영장에 들어가기 전에는 샤워기 아래를 지나야 한다. 그 물이 언제나 너무 차갑다. 그래서 다들 "차가워~."라고 말한다.

샤워한 다음에는 체조를 하고, 수영장의 물을 몸에 뿌리며 천천히 안에 들어간다. 수영장 물도 역시 차갑다. 그래서 다들 또 "차가워~."라고 말한다.

"물에 잠수해서 다 같이 가위바위보를 하자."

선생님이 말했다.

두 명이 한 조로 들어가 물속에서 가위바위보를 하기로

했다.

나는 물속에서 무서워서 눈을 뜨지 못한다. 그래서 눈을 감은 채 가위바위보를 했다.

"졌다!"

나와 가위바위보를 한 아이가 말했다. 내가 이겼나 보다.

다른 아이와도 가위바위보를 했다.

"이겼다!"

그 아이가 말했다. 이번에는 내가 졌나 보다. 수영장 물은 나도 모르는 사이에 차갑지 않아졌다.

다른 아이와 가위바위보를 했다.

"누가 이겼어?"

고개를 들고 내가 물었다.

"비겼으니까 한 번 더!"

그 아이가 말했다.

수영 수업이 끝나면 순서대로 깨끗한 물로 눈을 씻는다. 나는 무서우니까 눈을 감고서 눈을 씻는다. 그런 다음에 교실로 돌아와 옷을 갈아입는다.

교실에 뒀던 옷은 따끈따끈해서 기분이 좋다. 양말을 신자

훨씬 더 기분이 좋아졌다.

마치 이불을 덮었을 때 같아.

나는 생각했다.

고양이 밟았다

“피아노, 내일은 어떻게 할래?”

저녁을 먹고 여동생과 노는데 엄마가 물어보았다. 지난주에도, 지지난 주에도 피아노 학원에 안 갔다.

“으음, 어떻게 할까?”

너무 많이 쉬면 안 되는 거니까 “안 갈래.”라고 말할 수 없었다.

“안 갈 거면 선생님께 미리 전화를 드려야 하니까.”

엄마가 말했다. 그래서 나는 “안 갈래.”라고 말했다.

“피아노, 인제 그만두고 싶니?”

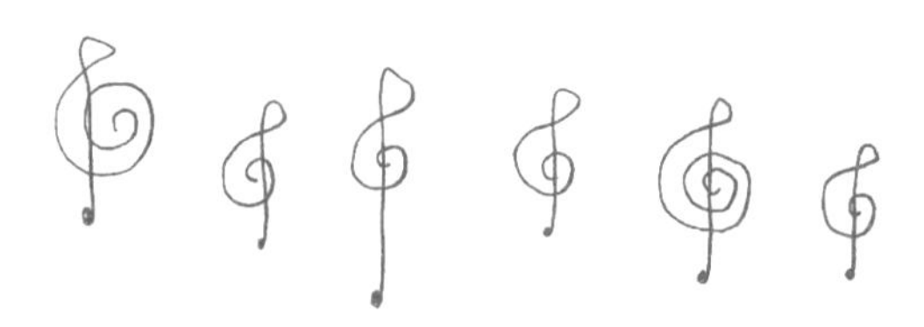

엄마가 나를 지그시 바라보며 물었다.

그만두고 싶다고 말해도 될까? 배우고 싶다고 한 건 나니까 그렇게 말하면 안 될 것 같았다.

그래도 피아노 학원에 가기 싫었다. 나보다 어린아이가 멋지게 연주하고 있는데 그 옆에서 노트에 음표나 높은음자리표나 낮은음자리표만 그리고 있는 내 모습을 남들이 보는 게 부끄럽다. 그래서 언제나 이마를 책상에 바짝 대 얼굴이 안 보이게 한다.

게다가 나는 피아노 선생님한테 비밀이 있다. 친구에게 초등학교 교실 오르간으로 「고양이 밟았다」를 배웠다는 것. 그래서 조금은 칠 줄 안다.

내가 피아노 학원의 피아노로 갑자기 「고양이 밟았다」를 치면, 피아노 선생님은 어떻게 나올까? "어쩜, 대단하네! 이제 음표는 그리지 않아도 된단다."라고 말할 것이다. 어쩌면

「고양이 밟았다」의 음표를 그려 볼까, 하고 말할지도 모른다.

"피아노 학원 그만둘래? 억지로 다니지 않아도 돼."

엄마가 한 번 더 물었다.

"응, 그만둘래."

나는 대답했다.

열차 안에서

여름 방학. 내일 할아버지와 할머니 집에 간다. 엄마와 아빠가 가방에 옷과 선물을 담으며 준비하고 있다.

열차에서 먹을 과자도 있다. 나는 과자를 볼 때마다 기뻐서 빨리 열차를 타고 싶었다.

밤, 이불을 덮고 누워서도 열차에서 먹을 과자를 생각하고 있었다.

가위로 밤을 싹둑 자르면 좋을 텐데. 그러면 금방 아침이 올 텐데.

나는 밤을 자를 커다란 가위를 상상했다. 그 가위는 틀림없이 아주 무거워서 많은 사람들이 함께 들어야 할 것이다.

"아침이야, 일어나야지."

엄마 목소리가 들렸다. 아침이었다.

"있잖아, 엄마. 가방에 과자 넣었어?"

"넣었어."

아침을 먹고 이를 닦고 옷을 갈아입고.

"자, 출발하자."

엄마가 집의 커튼을 전부 쳤다.

밖이 밝은데 커튼을 치니 느낌이 이상하다. 밤처럼 어두워지지는 않았지만, 방이 조금 쓸쓸해 보였다.

다시 돌아올 거야.

나는 마음속으로 방에게 말했다.

버스를 타고 역에 도착해 열차를 탔다.

"엄마, 과자 먹을까."

"아직 안 돼. 이 열차에서는 안 먹을 거야."

커다란 역에 도착해 다른 열차를 탔다. 이번 열차는 아빠와 엄마와 여동생과 나까지 네 사람이 마주 보고 앉는 자리였다.

짐을 위쪽 짐칸에 올렸다.

"엄마, 과자 먹어도 돼?"

"나중에. 주먹밥 먹고 나서."

점점 사람들이 타서 열차가 사람으로 꽉 찼다.

"열차, 어느 쪽으로 갈 것 같니?"

아빠가 물었다. 내가 "이쪽!" 하고 대답하자 아빠는 "저쪽." 하고 반대를 가리켰다.

문이 닫혔다. 열차는 아빠가 말한 쪽으로 움직였다.

"아빠, 알고 있었어?"

내가 묻자,

"아빠는 열차 운전사랑 친구거든."

하고 아빠가 대답했다. 아빠는 때때로 거짓말을 한다. 이것도 거짓말이라고 생각했지만, 열차가 가는 방향을 맞췄으니까 혹시나 진짜일지도 몰랐다.

그 후로 다 같이 주먹밥을 먹었다. 보리차도 마셨다. 나는 마침내 과자를 먹었다.

가방

안 들었지롱

우리 집이랑 다르다

할아버지랑 할머니 집은 모든 방이 우리 집이랑 다르다.

접시도 우리 집이랑 다르다. 컵도 다르다. 작은 숟가락도 큰 숟가락도 다르고, 베개도 이불도 다르다. 목욕 수건도 다르다. 비누도 다르다. 샴푸도 다르다. 화장실 슬리퍼도 다르다. 조명도 다르다. 전부 다르다. 냄새도 다르다.

엄마가 할머니에게,

"엄마아, 침대 시트 어디 넣어 뒀수?"

하고 물었다.

엄마 말투도 평소와 다르다.

진짜가 되면
좋을 텐데

막대 폭죽

할아버지랑 할머니랑 다 같이 불꽃놀이를 했다. 불꽃놀이 폭죽은 불을 붙일 때까지 무슨 색이 나올지 알 수 없다.

꽃 같은 폭죽.

물처럼 슈루룩 터지는 폭죽.

"막대 폭죽은 제일 마지막에 해."

엄마가 말했다.

"어째서?"

내가 묻자,

"원래 그런 거야."

아빠가 말했다.

막대 폭죽은 아기 같은 폭죽이다.

끄트머리에 작은 오렌지색 구슬이 있는데 거기에서 타닥 타닥 불꽃이 나온다. 꼭 비밀 이야기를 나누는 것 같다.

구슬은 마지막에 후드득 떨어진다. 땅에 떨어지면 꺼져서 사라진다.

“떨어지는 걸 손으로 받으면 안 돼?”

내가 묻자, 엄마가 “안 돼, 안 돼!”라고 말했다.

솜사탕

축제에 솜사탕 가게가 있었다. 솜사탕은 커다란 봉지에 담겨 있고 그림이 다양했다.

“뭐 먹고 싶니?”

아빠가 물었다. 내가 고민하고 있으니,

“맛은 전부 똑같아.”

아빠가 말했다.

전부 먹어 보지도 않았으면서 어떻게 똑같은 줄 알지? 하나쯤은 다를지도 모르는데.

이렇게 생각했지만 굳이 말하지는 않았다.

신발로 땅바닥에
예쁜 동그라미

가을

여름 방학이 끝나고

여름 방학이 끝나고 오랜만에 간 학교.

아침에 교실로 들어갔다. 나는 교실의 냄새가 좋다. 책상도 의자도 칠판도 커튼도 달라지지 않았다. 그런데 어딘가 전과 조금 달라 보였다.

모두 있었다. 아이들도 다들 조금 달라 보였다. 볕에 탄 아이, 머리카락이 길어진 아이, 키가 자란 아이.

선생님이 교실에 들어왔다.

"좋은 아침이구나!"

인사한 뒤, 선생님이 복도 쪽에 앉은 아이부터 순서대로 모두의 얼굴을 바라봤다. 얼굴을 보고 어떻게 했느냐 하면, 생글생글 웃으며 응응 고개를 끄덕였다.

내 차례가 왔다. 쑥스러웠지만 나도 선생님 얼굴을 봤다. 선생님은 역시 생글생글 웃으며 응응 고개를 끄덕였다.

창가 쪽 제일 끝자리에 앉은 아이까지 다 바라보고 나서,

"너희랑 다시 만나서 정말 기쁘구나."

하고 선생님이 말했다.

그렇구나! 선생님은 쓸쓸했던 거야. 선생님은 우리를 아주 좋아하는데, 여름 방학 동안 우리를 만나지 못했다. 그래서 이렇게 생글생글 웃고 있는 거다.

선생님, 다행이에요.

나도 기뻐졌다.

작은 나

개미가 한 줄로 걷고 있었다.

뭔가를 나르는 개미도 있고 아무것도 나르지 않는 개미도 있다. 다들 조금 서두르는 것 같았다. 이제부터 집에 가는 건지도 모른다.

멀리 있는 집까지 가지 않아도 되도록 개미 왕국을 만들어 줘야지.

같이 개미를 구경하던 아이와 함께 개미 왕국을 만들기로 했다.

먼저 울타리.

커다란 곤충이 들어오면 위험하니까 작은 돌로 울타리를 만들었다.

"비가 올 때를 대비한 집도 필요해."

"돌로 만들자!"

돌을 모아 집을 만들었다.

"꽃밭도 필요하지 않아?"

"공원에서 꽃을 뜯어 오자."

토끼풀이나 민들레를 울타리 안에 넣어 주었다.

개미 왕국이 완성되었다.

개미를 한 마리씩 이파리에 얹어 개미 왕국에 넣었다. 다들 울타리 안에서 허둥지둥했다. 처음 와 보는 곳이라 놀란 듯했다.

"맞다! 연못도 필요하지 않을까? 목이 마를 테니까."

내가 말했다.

구멍을 파 공원의 수돗물을 받아 넣었다. 땅에 스며들어 물이 사라졌다.

더 많이 부었다.

또 스며들었다.

더 많이 더 많이 붓자 조금 물이 고였는데, 역시 흙에 스며들었다. 땅이 진흙투성이가 되고 말았다.

개미 왕국의 개미들을 가만히 지켜보는데 기분이 이상해졌다. 내가 개미를 보는 것처럼 아주 커다란 사람이 나를 위에서 보고 있다면?

쪼그리고 앉은 채 위를 올려다봤지만, 커다란 사람은 보이지 않았다.

반대말

학교에서 반대로 말하는 게 유행이었다.

'맛없다'는 '맛있다', '더럽다'는 '깨끗하다'. 일부러 반대말을 하는 게 정답이라 규칙을 깜박하면 "어랏!" 하고 놀라지만, 반대말인 걸 깨닫고 나면 재미있다.

학교가 끝나고 돌아가는 길, 다 같이 반대말을 하며 가기로 했다.

"오늘은 비가 온다!"

"그러게, 비가 온다!"

반대말이니까 날이 맑다는 뜻이다.

"나는 선생님 싫어!"

"나도 싫어!"

모두가 말해서,

"나는 선생님이 진짜 진짜 진짜 싫어!"

라고 내가 말했다. 선생님을 진짜 진짜 진짜 좋아하니까 진짜 진짜 진짜 싫어인 것이다.

그러자 이번에는 다른 아이가,

"나는 선생님이 진짜 진짜 진짜 진짜 진짜 진짜 진짜 진짜 진짜 싫어!"

라고 말해서 다 같이 웃었다.

"있잖아, 가게 물건은 훔쳐도 된다?"

어떤 아이가 말했다.

나는 순간 깜짝 놀랐지만, 진짜로는 '안 된다'는 것이다.

"맞아, 가게에서 물건을 훔쳐도 돼."

나도 말했다.

"다음에 훔칠까?"

그 아이가 말했다.

"훔치자, 훔치자!"

다 같이 말했다.

그러자 뒤에서 어른의 목소리가 들렸다.

"물건을 훔치면 안 되지."

모르는 사람이었다.

"알겠니? 물건을 훔치는 건 나쁜 일이야!"

그 사람은 화난 얼굴이었다.

아니에요, 이건 반대말이에요. 그러니까 하면 안 된다는 거예요. 아마 다들 그렇게 말하고 싶었겠지만, 모르는 사람에게 그런 사정을 다 말할 수 없어서 "네." 하고 대답하고 집으로 돌아왔다.

그 사람은 분명 나를 도둑이라고 생각했을 것이다.

밤이 되어 이불을 덮고 누워서도 나는 계속 슬퍼서, 내일 그 사람과 또 만나면 어쩌지 생각하다가 학교에 가는 게 싫어졌다. 그 사람은 선생님에게 말하겠지. 엄마한테도 말할지 몰라. 그러면 모두 나를 나쁜 아이라고 생각할 거야.

걱정스러운 기분이 내 마음을 돌아다닌다. 빙글빙글, 빙글빙글, 돌아다닌다. 나는 현기증이 났다. 다들 훔치지 않는다. 훔치지 않으니까 훔친다고 말했다.

아침이 왔다. 밖에 나가기 싫다. 그래도 학교에는 역시 가야만 한다. 나는 얼굴을 감추기 위해 신발을 보며 걸었다.

"안녕!"

어제 같이 혼났던 아이가 말을 걸었다.

그러더니 그 아이가 말했다.

"어제 말이야, 그 후에 그 사람을 쫓아가서, 반대말을 하면서 논 거라고 알려 줬어."

"진짜! 그랬더니 뭐라고 했어?"

"모르고 혼내서 미안하다고 사과했어."

나도 다른 아이들도 나쁜 아이로 오해받지 않았구나! 슬픈 기분이 어디론가 날아갔다. 그래도 반대말 놀이는 그만둬야겠다고 생각했다.

흙 토끼

삼각공원 모래밭의 흙으로 토끼를 만들었다. 엄청 잘 만들어졌다. 무너뜨리는 게 아까웠다.

"냉장고에 넣어 두면 점토처럼 딱딱해지지 않을까?"

같이 놀던 아이가 말했다.

하지만 어떻게 옮기지?

"책받침 위에 올리자."

"그러자!"

그 아이의 집까지 책받침을 가지러 갔다가 공원으로 돌아와 흙 토끼를 책받침 위에 조심히 올렸다.

조심히 올린 흙 토끼를 그 아이의 집까지 또 조심히 옮겼다.

집에는 그 아이의 오빠가 있었다. 우리는 흙 토끼를 책받침째 냉장고에 넣었다. 이러면 점토처럼 딱딱한 토끼가 될 거다. 내일도 모래밭에서 토끼를 잔뜩 만들어야지.

그 아이의 엄마가 돌아왔다. 냉장고 안을 보더니 아이를 혼냈다.

"흙을 왜 냉장고에 넣었어! 이런 걸 넣으면 냉장고 안의 반찬을 전부 버려야 한단 말이야!"

몰랐던지라 놀랐다.

"잘못했어요."

엄마 앞에서 우는 아이의 귀가 새빨개졌다.

울면 귀가 새빨개지는구나.

나는 그 아이의 귀를 빤히 바라보았다. 그러고 나서 친구랑 같이 있을 때 혼나는 건 불쌍하다고 생각했다.

낚시

아빠가 나를 낚시에 데려갔다.

차를 타고 항구까지 갔다. 낚시를 하는 사람들이 많았다.

길쭉한 낚싯대를 바다에 던지고 실을 늘어뜨렸다.

"단단히 잡고 있어라."

아빠의 말을 듣고 낚싯대를 꽉 움켜쥐었다.

"물고기가 휙휙 당기면 아빠한테 알려 줘."

"알았어!"

옆에 있던 아저씨가 커다란 물고기를 낚았다.

"아빠, 저건 무슨 물고기야?"

"고등어야."

고등어는 은빛 색종이처럼 반짝였다.

아빠의 낚싯대도 휙휙 움직였다. 아빠도 고등어였다. 고등어는 이리저리 날뛰며 아이스박스에 들어가기 싫어했다.

내 낚싯대도 휙휙 움직였다. 물고기가 당기고 있다는 걸 알았다.

"왔다!"

아빠가 도와줘서 나도 고등어를 낚았다. 옆에 아저씨가 "잘됐구나."라며 웃었다.

나도 아빠도 잔뜩 잡았다.

바다는 파란색이 아니라 까만색이었다.

주변에 친 울타리 너머로 들여다봐도 헤엄치는 물고기가 보이지 않는다.

그래도 있다.

보이지 않지만 어두운 바닷속에 물고기들의 세계가 있다.

깊을까?

고등어를 이렇게 많이 낚았으니까 당연히 깊을 거다.

나는 갑자기 바다가 무서워졌다.

"있잖아, 내가 바다에 떨어지면 어떡할 거야?"

옆에 있는 아빠에게 물었다.

"바로 뛰어들어서 구해야지."

아빠가 말했다.

나는 아빠가 구해 주는구나.

다행이라고 생각했다.

바지락 껍데기
가져도 돼?

동전 초콜릿

이웃집 사람이 동전 모양의 동그란 초콜릿을 세 개 줬다. 금색이고 반짝거린다.

본 적 없는 외국 동전.

이걸 외국에 가지고 가면 외국 사람은 진짜 돈이라고 착각하겠지. 나중에 초콜릿인 걸 알면 놀라겠다고 생각하니 재미있었다.

밤이 왔다. 나는 걱정이 되었다. 다들 잠든 후 집에 도둑이 들지도 모른다. 그러면 이 초콜릿을 진짜 외국 동전인 줄 알고 훔쳐 갈지도 모른다.

나는 초콜릿을 장롱 안에 넣었다. 하지만 도둑이 장롱 안을 들여다볼지도 모른다.

베개 밑에 숨겨 두면 어떨까?

나는 베개 밑에 동전 초콜릿을 가지런히 놓아 숨겼다.

그래도 역시 안심할 수 없다. 자는 동안 초콜릿이 삐져나오면 들킨다.

좋은 생각이 났다. 잠옷 바지 안에 넣어 두면 괜찮을 거다.

나는 동전 초콜릿을 내 배 위에 올리고 바지로 감췄다.

이러면 괜찮아. 도둑도 절대 발견하지 못할 거야.

아침이 왔다. 바지 안에서 초콜릿이 전부 녹아 있었다. 잠옷과 이불에 초콜릿이 덕지덕지 묻었다.

"대체 왜 이런 짓을 했어!"

엄마가 화를 냈다. 왜 그랬는지 엄마한테 설명하기가 어려웠다.

"모르겠어."

나는 대답했다.

금목서

학교에서 집으로 돌아오는데 길가에 친구가 쪼그리고 앉아 있었다.

"왜 그래?"

"금목서를 줍고 있어."

그 아이의 손바닥에는 오렌지색 작은 꽃잎이 있었다. 바로 옆에 있는 나무에 똑같이 생긴 꽃이 피어 있었다.

"냄새 맡아 봐."

코를 가까이 대자 냄새가 났다.

"좋은 냄새 나지?"

"응, 좋은 냄새다!"

그 아이는 가방에서 작고 투명한 병을 꺼내 금목서 꽃을 넣고,

"짠, 금목서 향수다."

하고 말했다.

나도 작은 병에 금목서를 넣고 싶다.

하지만 우리 집에는 작은 병이 없었다.

"이건 어떠니?"

엄마가 가지고 온 건 스킨을 담았던 병이었다.

"이거보다 더 작은 거야. 없어? 은색 뚜껑이 달린 거."

엄마가 또 부스럭부스럭 찾아봤지만 없었다.

"뭐에 쓰려고?"

"금목서 꽃을 넣고, 그런 다음에 냄새를 맡을 거야."

엄마는 "아하 그래, 그거구나." 하고 팔짱을 꼈다. 그러더니 "좋은 생각이 났어."라고 말했다.

"금목서 꽃을 손수건으로 감싸면 어때?"

엄마는 장롱에서 새 손수건을 꺼냈다.

"이걸로 감싸고 리본으로 묶으면?"

사실은 작은 병이 더 좋지만 그것도 괜찮을 것 같았다.

다음 날, 나는 손수건을 들고 금목서 나무에 가서 흙이 묻지 않게 조심조심 꽃을 주웠다. 집으로 돌아와 리본으로 묶었다.

"냄새가 좋네. 이제 곧 가을이야."

엄마가 냄새를 맡았다.

"향수로 쓰면 좋을 것 같아."

내가 말하자,

"그럼 가끔 우리 딸한테 빌려 볼까?"

엄마가 말했다.

짠,
서서 잘 수 있어

전학생

"전학생이 온대!"

교실에서 누군가가 말했다. 아까 전학생이 교무실에 들어가는 모습을 봤다고 한다.

"아마도 1학년."

"어? 우리 반에 오려나?"

"모르겠어."

"어느 반일까?"

다들 흥분해서 말했다.

여름에는 옆 반에 전학생이 왔다. 그러니까 이번에는 우리 반일지도 모른다. 나는 전학생이 왔으면 했다.

"이번에는 우리 반이 아닐까?"

"틀림없이 그럴 거야!"

나도 마음속으로 "그럼, 그럼." 하고 맞장구를 쳤다.

선생님이 왔다. 혼자였다.

"전학생은요?"

누군가가 물었다.

선생님은 놀라더니 "우리 반이 아니야."라고 대답했다.

"에이~."

"뭐야아~."

모두가 대놓고 실망하자 선생님이 곤란한 표정으로 "미안하구나."라고 말했다.

잘 가

우리 집에는 장난감 피아노가 있다. 먼 곳에 사는 할머니가 예전에 사 준 자그마한 플라스틱 피아노다. 학교 친구에게 배운 「고양이 밟았다」는 이제 칠 줄 안다. 그리고 유치원에서 수업이 끝날 때 부르는 노래도. 이 노래는 누군가에게 배운 건 아니다. 이건가? 이건가? 소리를 찾아보다가 혼자서 칠 줄 알게 되었다.

노래 가사도 기억한다. 처음에는 "잘 가~ 잘 가~."로 시작한다. 나는 그다음의 "이렇게 오늘은~."을 좋아하니까 이 부분이 되면 늘 기분이 좋다.

장난감 피아노를 치며 끝날 때 부르는 노래를 부르고 있을 때 아빠가 퇴근했다.

"아빠! 피아노 쳐 줄게."

"오, 대단한데?"

아빠가 선 채로 기다렸다.

나는 끝날 때 부르는 노래를 쳤다. 노래도 불러 줬다. 아빠에게도 "이렇게 오늘은~." 부분을 들려주고 싶었다. 그런데 아빠는 도중에,

"그 노래는 듣고 싶지 않네."

하고 말했다.

"왜?"

"아빠는 딸이랑 헤어지기 싫으니까."

그렇게 말하고 가 버렸다.

이건 유치원이 끝날 때 부르는 노래지, 나하고 헤어지는 노래가 아니다. 아빠도 잘 알고 있다. 그래도 나랑 헤어지기 싫으니까 듣고 싶지 않은 거다. 나는 안다. 틀림없이 그럴 거다. 왠지 아빠가 불쌍해서 이제 아빠 앞에서는 끝날 때 부르는 노래는 부르지 않기로 마음먹었다.

제비뽑기

오락 시간에 제비뽑기를 했다. 당첨은 딱 한 명뿐이다.

"안에 뭐가 들었을지 기대하렴."

선생님이 말했다.

안에 뭐가 들었을까?

비밀이니까 더 재미있는 거다.

"자, 먼저 제비를 뽑자."

모두가 일제히 교실 앞으로 달려갔다.

순식간에 긴 줄이 생겼다. 나는 늦어서 제일 마지막에 섰다. 선생님이 있는 곳까지 너무 멀다.

틀림없이 당첨이 안 될 거야!

코가 찡해졌다. 찡해지자 눈물이 고였다. 나는 눈물을 참으려고 내 실내화를 내려다보았다.

그러자 선생님의 신발이 보였다. 선생님이 내 앞에 서 있었다. 선생님이 내 얼굴을 들여다보았다. 그리고 모두가 보는 앞에서 말했다.

"제일 마지막에 서다니 대단하구나!"

선생님, 나는요, 일부러 마지막에 선 게 아니에요.

하지만 그건 비밀로 해 두었다. 대신 큰 소리로 "네!" 하고 대답했다.

두 가지 재잘거림

"그럼 내일 보자!"

"응, 잘 가!"

하굣길, 친구와 헤어진 뒤에 굉장히 이상한 기분이 들었다.

조금 전까지 친구와 재잘거렸다.

지금은 나 혼자다.

나 혼자인데도 머릿속으로는 재잘거린다.

이 재잘거림은 목소리로 나오지 않으니까 누구에게도 들리지 않는다.

나는 몹시 불안해졌다.

다른 아이들도 그럴까?

말로 하는 재잘거림과 말로 하지 않는 재잘거림이 있을까?

다음 날, 친구에게 물어보았다.

"있잖아, 머릿속으로 재잘거리는 거 해?"

"머릿속으로 재잘거리는 게 뭐야?"

"말로 하는 재잘거림이랑 다른 거."

그 아이는 "으음, 모르겠어."라고 말했다.

어쩌면 다른 아이들은 머릿속으로는 재잘거리지 않을지도 몰라.

어쩌지.

어쩌면 좋아?

나는 고민했다. 그리고 '알았다!' 하고 생각했다. 머릿속으로 하는 재잘거림도 전부 말로 하는 재잘거림으로 만들면 된다.

맞아, 맞아, 내일부터 학교에서 그렇게 해야지. 그러면 재잘거림이 딱 하나가 되니까.

하지만 그건 너무 힘들 것 같았다. 머릿속 재잘거림은 너무 심하게 수다쟁이라서 그러면 나는 계속 재잘거려야 한다.

엄마에게 슬쩍 물어보았다.

"엄마, 머릿속 재잘거림이라는 게 있어? 아무에게도 들리지 않는 거."

그러자 엄마가 "있지."라고 대답했다.

"어? 있어? 두 개 있어? 말로 하는 재잘거림이랑 말로 하지 않는 재잘거림?"

"다들 있어."

그렇구나, 다들 있구나. 다들 있어서 다행이라고 생각했다.

겨울

산타 할아버지의 집

크리스마스 케이크가 도착했다. 네모난 상자에 들었는데 안을 들여다보니 동그란 케이크였다.

케이크 위에 초콜릿 집이 올라갔다. 그 옆에 설탕으로 만든 산타 할아버지가 서 있었다.

산타 할아버지는 초콜릿 집보다도 컸다.

왜 더 큰 집을 만들지 않았을까? 이러면 산타 할아버지가 집에 못 들어가는데. 내가 케이크를 만드는 사람이라면 산타 할아버지를 위해 더 큰 초콜릿 집을 만들 것이다. 그러면 산타 할아버지도 춥지 않을 테니 안심이다.

장갑 끼고
오면 좋았겠다

붕대

"종이에 손가락을 베이기도 하니까 조심해."

엄마의 말은 진짜였다. 아까 노트를 팔랑 넘기다가 손가락을 아주 조금 베였다.

나는 서둘러 엄마에게 가서 피가 나오는 검지를 보여 주었다.

"베였어."

"괜찮니? 그래도 살짝이네."

엄마가 반창고를 붙여 줬다.

재미없었다. 붕대를 감고 싶었다.

학교에 붕대를 감고 온 아이가 있었다. 손가락을 다쳐서 의사 선생님한테 다녀왔다고 했다. 쉬는 시간이면 모두 그 아이의 붕대를 구경하러 갔다. 반 친구들에게 둘러싸인 그 아이가 부러웠다.

"엄마, 있잖아, 붕대는 안 해?"

나는 물었다.

"반창고면 돼."

엄마는 대답했지만 역시 나는 붕대를 하고 싶었다.

"우리 집에 붕대 있어?"

"글쎄, 있었나. 있을 것 같은데."

"붕대 하고 싶은데."

"그럼 반창고 위에 감을까?"

나는 "감을래!" 하고 대답했다.

이웃집에 사는 아줌마가 왔길래, 나는 달려가 "이거 봐요!" 하고 붕대를 감은 손가락을 보여 줬다.

아줌마가 세상에 하고 놀라며,

"수술한 거니?"

하고 물었다.

나는 엄마 얼굴을 봤다. 그러자 엄마가,

"맞아요, 수술했어요."

하고 아줌마에게 말했다.

"아이고, 큰일이네! 얼른 나으렴."

아줌마가 돌아갔다.

나는 걱정이었다. 아줌마가 거짓말을 믿었다.

"수술 안 한 거, 아줌마한테 알려 줄까?"

내가 말하자,

"아줌마도 알아."

엄마가 웃었다.

숨이 새하얘

이거 봐, 담배 연기 같아

설날

세뱃돈을 받았다. 돈은 엄마가 은행에 저금해 준다.

"뭐 갖고 싶은 거 있으면 살래?"

엄마가 물었다.

나는 텅 빈 세뱃돈 봉투가 갖고 싶었다. 여동생 것까지 갖고 싶었다.

"그거 다 가져도 돼?"

"그럼. 자, 여기."

세뱃돈 봉투는 작다.

인간은 커다란 봉투에 편지를 보내지만, 숲속 작은 동물들에게는 자그마한 봉투가 좋겠지. 만약 내가 숲속 작은 동물들에게 편지를 보낼 때는 이 세뱃돈 봉투를 쓰기로 마음먹었다.

새해 복
많이 받으세요

연날리기

아빠와 연을 날렸다. 연은 점점 더 높이 올라갔다. 이제는 보이지 않을 정도로 높다.

"들고 있으렴."

아빠가 내게 연줄을 건네주었다. 아빠가 쭈그려 앉아 신발 끈을 묶는 사이, 나는 연에 질질 끌려갔다. 연줄을 쥔 두 손이 번쩍 들려 만세 자세가 되고, 이어서 발끝이 순간적으로 땅에서 붕 떴다.

"아빠! 나 날아갈 것 같아!"

"괜찮아, 안 날아가."

아빠가 웃으며 연줄을 붙잡았다.

집에 오면서,

"아까 하늘로 떴어."

아빠에게 말했지만 믿어 주지 않았다.

밤, 이불을 덮고 누워서 다시 생각했다. 내가 정말로 날아갔다면 아빠는 놀랐겠지. 동네 아이들도 틀림없이 놀랄 거다. 놀란 모두를 상상하자 즐거웠다.

초등학교 체육관. 어묵처럼 생긴 둥근 지붕. 하늘에서 보면 어떤 모양일지 궁금했다.

내 구름

"저 구름 내 거!"

쉬는 시간, 친구가 교실 창문으로 구름을 보며 말했다.

아이의 구름은 커다란 구름 옆에 있는 작은 구름이었다.

"그럼 저 구름은 내 거!"

나는 조금 떨어진 곳의 동그란 구름을 하기로 했다.

"그럼 저쪽 구름은 내 거야!"

그 아이는 또 다른 구름을 자기 거라고 했다. 그래서 나는,

"그럼 저건 내 거야!"

하고 먼 곳의 홀쭉한 구름을 내 걸로 했다.

구름은 모두의 것. 알고 있다.

알고 있지만 모르는 척하는 놀이.

교장 선생님

교장 선생님은 쉬는 시간에 가끔 1학년 교실 앞까지 온다.

"교장 선생님이다!"

아이들이 이렇게 말해 주면 기쁜 것 같았다. 복도를 느릿느릿 걸으며 "잘 지내니?"나 "학교가 좋으니?" 하고 싱글벙글 웃으며 말을 건다.

교장 선생님은 반이 없다.

그래서 항상 혼자다.

교장 선생님한테도 반을 만들어 주면 좋을 텐데. 그러면 더는 외롭지 않으니까 1학년 교실까지 안 와도 되지 않을까.

비밀 피구

"지금부터 피구를 하자꾸나."

수업을 시작하기 전에 선생님이 말했다. 사실은 산수 시간인데 선생님이 다른 걸 하자고 말해서 놀랐다. 그리고 다들 기뻐서 "신난다!" 하고 외쳤다.

"다른 반은 공부하는 중이니까 조용히 복도를 걸어야 해."

모두들 "쉿!" 하며 걸었다.

비밀은 두근거린다. 비밀은 즐겁다. 선생님과의 비밀은 더욱더 두근거리고 더욱더 즐거웠다.

운동장에는 아무도 없었다. 다 같이 피구를 하기 위해 선을 그렸다.

선생님도 함께 피구를 했다. 나는 선생님과 같은 팀이었다. 선생님은 몇 번이나 공을 잡았다. 나는 공에 맞지 않으려고 열심히 뛰고 열심히 피했다. 선생님이 던진 공을 잡은 아이가 '어떠냐!' 하는 표정을 지었다. 그러고는 선생님을 향해 공을 던졌다. 선생님은 공을 턱 받고 그 아이에게 다시 던졌다. 이번에는 공을 잡지 못했고 아이는 분해서 얼굴이 새빨개졌다. 그러더니 이히히히 웃었다.

나였다면?

나였다면 분명 선생님에게 공을 던질 수 없다. 내가 선생님을 무지무지 좋아한다는 걸 들킬 것이다.

공이 자꾸자꾸 날아온다. 선생님 뒤에 숨은 아이도 있었다. 나도 숨고 싶었다. 그래도 혼자 도망쳤다. 선생님이랑 같이 열심히 할 거다.

어라? 싶었는데 넘어졌다. 넘어질 때 끝까지 눈을 뜬 건 처음이었다. 땅바닥이 데구루루 하며 비스듬해졌다.

겨울 운동장의 흙은 차갑다. 딱딱하다. 내가 넘어져도 다들 피구를 계속했다. 빨리 일어나야 해. 울면 안 돼. 선생님이랑 같은 팀이다. 나는 일어나서 또 공을 피했다. 까진 손바닥이 아파서 눈물이 조금 났다.

선생님이 돌아보더니 말했다.

"정말 열심히 했구나!"

선생님, 알고 있었어요?

맞아요, 나는 열심히 하느라 넘어졌어. 선생님이 알고 있으니까 더는 눈물이 나오지 않았다.

단추가
잔뜩

하얀 김

밥솥 뚜껑을 열면 하얀 김이 모락모락 나온다.

김은 밥의 냄새다.

김 냄새를 맡으면 조금은 밥을 먹은 셈이 된다고 생각했다.

둘만의 말

외국 말을 해 보고 싶다. 하지만 할 줄 모른다. 그렇다면 만들면 되겠다고 생각했다.

"우리 둘만의 말을 만들자."

친구와 생각해 보기로 했다.

우리 둘 말고는 모르는 말. 그러면 큰 소리로 비밀 이야기도 할 수 있다.

"마지막에 냥을 붙이자. 돌이 있다냥."

그 아이가 말했다.

아니야. 그러면 모두 다 알아듣잖아. 나는 완전히 새로운

말을 만들어서 대화하고 싶었다.

"역시 그만둘래."

나는 말했다.

돌아온 쿠링

강아지 인형 쿠링. 하얀 털이 폭신폭신하다. 쓰다듬으면 부드럽다. 가끔은 털을 쪽쪽 빤다. 엄마는 그러지 말라고 하지만, 쿠링의 털을 빨면 기분이 좋다.

쿠링이 지저분해져서 세탁소에 맡기기로 했다.

깨끗해지면 쿠링도 기쁘겠지. 쿠링이 세탁소에 가 버렸다.

"쿠링, 내일 돌아와?"

엄마에게 물어보았다.

"쿠링, 지금쯤 세탁기에 들어가지 않았을까?"

다음 날에도 물어보았다.

"쿠링, 아직이야?"

"아마 아직은 벅벅 씻기는 중이지 않을까?"

또 물어보았다.

"쿠링, 이제 집에 와?"

"아마 바싹 말리는 중이지 않을까?"

드디어 쿠링이 돌아왔다. 그런데 엄마는 바로 보여 주지 않았다.

"있잖니, 세탁하다가 쿠링의 눈이 떨어졌대."

"어?"

나는 깜짝 놀랐다.

"그래도 세탁소 사람이 눈을 새로 달아 줬대."

그러면서 엄마가 가방에서 쿠링을 꺼냈다.

쿠링은 빨아서 깨끗해졌다. 그러나 그건 내가 모르는 쿠링이었다. 까맣고 동그랬던 눈이, 눕히면 눈을 감는 인형의 눈처럼 되었다.

혀도 달려 있었다. 쿠링은 혀를 내밀고 있지 않았는데. 아마 세탁소 사람이 혀도 떨어졌는 줄 알았나 보다.

달라진 쿠링은 혀를 내밀고 웃고 있었다.

고양이다!

봄이 오다

“봄이 바로 저기까지 왔네.”

걸어가는데 엄마가 말했다.

“어디까지?”

“바로 저기. 봄 냄새가 나.”

나는 후웁 숨을 들이마셨다. 봄 냄새는 공기 냄새였다.

바로 저기는 어딜까?

나는 빵집을 도는 지점이 아닐까 생각했다. 거기는 ‘바로 저기’니까.

봄은, 지금은 아직 빵집 앞에서 꼼짝하지 않고 있는지도 모른다. 등을 구부리고 앉아 있을 것 같았다. 봄은 아마 아주 커다랗다. 코끼리보다 훨씬 더.

"봄이 오면 2학년이네. 1학년을 잘 돌봐 줘야 해."

엄마가 말했다.

2학년이 되는 건 기쁘다. 하지만 선생님이 다른 학교에 간다고 했다. 나는 계속 계속 계~속 지금 선생님이 좋은데.

"선생님이 바뀌는 건 싫어."

나는 말했다.

"그러네, 좋은 선생님이었지."

나는 다른 선생님을 모르지만 우리 선생님이 제일 좋은 선생님이라고 생각한다.

"선생님이 멀리 가도 편지를 쓰면 되지 않겠니?"

엄마가 말했다.

그렇구나, 그렇게 해야지! 편지를 쓰자. 뭐라고 쓸까. 봄이 빵집 앞까지 찾아온 것. 쿠링의 혀 이야기나 부모님이 자전거를 사 주신 것. 처음으로 네잎클로버를 찾은 것도 선생님에게 알려 주고 싶었다. 그리고 신발 사이즈가 하나 커진 것. 거울 안으로 들어가면 다른 나라에 갈 수 있을지도 모른다는 것. 나는 집에 가자마자 바로 선생님에게 편지를 쓰고 싶었다. 하지만 선생님은 아직 우리 학교에 있으니까 조금 더 참아야겠다.

닫는 글

초등학교 1학년 때 만난 선생님은 아직 젊은 분이었는데, 아마 당시 20대 후반쯤 되었으려나요. 입학식을 마치고 교실에서 처음 만난 순간부터 선생님을 굉장히 좋아했습니다.

유치원에 다닐 때, 좀처럼 친구들을 따라가지 못해서 유치원 선생님에게 "왜 다른 아이들처럼 못 하니?"라는 말을 자주 들었습니다. 지금 생각해 보면 빠른 생년이어서 그랬을 수도 있겠죠. 그런데 또 키는 큰 편이었으니 어설픈 점이 유난히 눈에 띄었을 겁니다. 저는 점점 자신감을 잃었고, 제가 다른 아이들과 같은지 아닌지를 지나치게 신경 쓰는 아이가 되었습니다.

초등학교에 올라가서도 제 그림 도구 세트가 다른 아이들과 같은지, 제 가방이 다른 아이들보다 크진 않은지 언제나 불안하고 불안해서 어쩔 줄 몰랐습니다.

그래도 조금씩 그런 마음이 안정되어 갔습니다. 선생님은 제가 줄을 서는 게 늦어도 "제일 마지막에 서다니 대단하구나."라고 말했어요. 저는 제일 마지막에 선 대단한 아이가 되어 한동안 반 친구들에게 동경 어린 시선을 받았습니다. 추가로 말하자면요, 그 후로 다들 줄을 설 때 제일 마지막에 서려고 다투느라 결국 선생님에게 혼났습니다.

어린 시절은 정말 짧아요.

긴 인생의 아주 잠깐이죠.

그런데도 마치 푸딩의 캐러멜소스처럼 다른 부분과는 다른 특별한 존재입니다. 만약 사람이 처음부터 어른으로 태어난다면 틀림없이 싱겁고 시시할 거예요.

2022년 새잎이 나는 계절, 마스다 미리

작은 나

1판 1쇄 발행 2024년 1월 31일
1판 2쇄 발행 2024년 2월 17일

지은이 마스다 미리
옮긴이 이소담

발행인 양원석 **편집장** 김건희 **책임편집** 이혜인
디자인 최승원, 김미선 **영업마케팅** 양정길, 윤송, 김지현, 정다은, 박윤하

펴낸 곳 ㈜알에이치코리아
주소 서울시 금천구 가산디지털2로 53, 20층(가산동, 한라시그마밸리)
편집문의 02-6443-8868 **도서문의** 02-6443-8800
홈페이지 http://rhk.co.kr
등록 2004년 1월 15일 제2-3726호

ISBN 978-89-255-7559-9 (03830)